Emil Naumann

Ludwig van Beethoven: Zur hundertjährigen Geburtstagsfeier

Antigonos

Emil Naumann

Ludwig van Beethoven: Zur hundertjährigen Geburtstagsfeier

Unveränderter Nachdruck der Originalausgabe von 1871.

1. Auflage 2024 | ISBN: 978-3-38631-987-4

Antigonos Verlag ist ein Imprint der Outlook Verlagsgesellschaft mbH.

Verlag: Outlook Verlag GmbH, Zeilweg 44, 60439 Frankfurt, Deutschland, info@outlook-verlag.de
Vertretungsberechtigt: E. Roepke, Zeilweg 44, 60439 Frankfurt, Deutschland
Druck: Libri Plureos GmbH, Friedensallee 273, 22763 Hamburg, Deutschland

Ludwig van Beethoven.

Zur hundertjährigen Geburtstagsfeier.

<hr>

Vortrag,

gehalten im Wissenschaftlichen Verein zu Berlin am 7. Januar 1871

von

Emil Naumann.

<hr>

Berlin, 1871.

C. G. Lüderitz'sche Verlagsbuchhandlung.

A. Charisius.

Wie der große, nationale Krieg, der uns von unserem ruhelo=
sen westlichen Nachbarn aufgenöthigt wurde, unser Volk in sei=
ner stillen Geistesarbeit auf so manchem Gebiete menschlichen
Wissens und Könnens jäh und unvorbereitet unterbrach, so störte
er ihm auch die Feier der zum hundertsten Male erfolgenden Wie=
derkehr des Geburtstages eines der gewaltigsten Heroen deutscher
Kunst. **Ludwig van Beethoven** wurde, wie jetzt für erwiesen gilt,
am 16. December 1770 in Bonn geboren. [1]) Unser Meister
war mithin ein Bürger jenes urdeutschen, linken Rheinufers,
dessen Besitz wälsche Raublust als das Endziel des muthwillig
heraufbeschworenen Kampfes hinstellte. — Beethoven, der jüngste
Bruder unter den drei Begründern und Vollendern der deutschen
Sinfonie, Beethoven, der Schüler Haydn's, der Freund Göthe's
und der Sänger von Schiller's Ode an die Freude — ein Fran=
zose! — Man kann sagen, daß nur die mit Dünkel gepaarte
Unwissenheit der Franzosen eine Erklärung für die Naivetät
zuläßt, mit der sie eine ganz deutsche und den Gedanken franzö=
sisch zu werden perhorrescirende Bevölkerung Frankreich einver=
leiben wollten. Nur so ist die Vermessenheit begreiflich, mit der
sie die Hand nach einem Lande ausstreckten, das, wie ein Frei=
herr **von Stein** und Göthe (der sich bekanntlich selber einen
Rheinländer nannte), oder die Namen **Guttenberg, Beethoven,
Rubens** und **Cornelius** beweisen, mit zu der Zeitigung der herr=
lichsten Früchte deutscher und niederdeutscher Cultur beigetra=
gen hat. [2])

Da es uns nun nicht vergönnt sein sollte Beethoven's hundertjährigen Geburtstag im rechten Momente zu feiern und da das aus Schlachtendonnern verjüngt erstehende deutsche Vaterland auch gegenwärtig noch jedes andere Interesse in den Hintergrund drängt, so wird von einem Nationalfeste, wie es dem Andenken unseres Meisters ziemt, erst dann die Rede sein können, wenn des Krieges Stürme schweigen. Bis dahin möge es uns gestattet sein, die Bedeutung eines der größten Tondichter aller Zeiten, der am entsprechendsten auch nur in Tönen gefeiert zu werden vermag, in einigen Worten zu erörtern.

Vorerst möchten wir eines eigenthümlichen Mißgeschickes in allen äußeren Dingen gedenken, das der Meister, der im Gebiete der inneren Welt seiner Töne so siegreiche Schlachten schlug, nicht nur im Leben, sondern auch nach seinem Tode zu erdulden hatte. Wir begegnen einer derartigen Ironie des Schicksals gerade vorzugsweise solchen Genien gegenüber, die die höchsten Sprossen jener Himmelsleiter erstiegen haben, welche zu der Welt der Ideale hinaufführt. Es sei in dieser Beziehung nur an Mozart und Schiller erinnert. Man empfängt im Leben Beethoven's, wie in dem der genannten Geistesheroen, den Eindruck, als wolle sich die schnöde Alltagswelt für die, durch jene Männer ihr zum Trotze im Bewußtsein der Menschen bewirkte Einbürgerung hoher Ideale gleichsam an den Idealisten selber rächen und ihnen bei allen ihren Schritten Steine des Anstoßes in den Weg werfen. „Es sind die Kleinen von den Meinen", würde Mephistopheles sagen, wenn von jenen fast täglichen Widerwärtigkeiten die Rede ist, die sich gerade dem Genius entgegenzustellen lieben.

Es ist bekannt, daß Beethoven niemals in seinem Leben aus häuslichen und pekuniären Nöthen herausgekommen ist, daß ihm seine Brüder seine Verwendung für sie in übelster Weise lohnten, so daß selbst seine unvollendeten Manuscripte nicht sicher vor ihrer Geldgier waren. Das Aergste, was einem Meifter der Töne wohl geschehen konnte: seine, bis zur absoluten Taubheit immer zunehmende Harthörigkeit, die Einsamkeit ferner seines Hauses, das einer liebenden Gattin und der Kinder ermangelte, der schwarze Undank seines, an Kindesstatt angenommenen Neffen, für welchen er sich die schwersten persönlichen Entbehrungen auferlegte, um schließlich nur Schande an ihm zu erleben, vollenden uns das traurige Bild des künstlerischen Erdenwallens Beethoven's. Aber hiermit nicht genug, ruht gleichsam auch ein Verhängniß auf allem, was sich nach des Künstlers Tode äußerlich an seinen Namen knüpft.

Ein Schindler muß sein Leben schreiben, während ein Otto Jahn, der zwanzig Jahre lang zu einer Biographie Beethoven's unermüdlich gesammelt hatte, stirbt, ehe er nur die Feder dazu ansetzt.[3] Ein sonst so großer Bildhauer wie Hähnel muß gerade in des Meisters Standbild die verfehlteste seiner Portrait-Statüen meißeln.[4] Das im Jahre 1845, bei der Enthüllung jenes Standbildes, mit Beethoven's Namen geschmückte Rhein-Dampfboot strandet nach kaum begonnenen Fahrten am Loreleifelsen und die, für die hundertjährige Geburtsfeier Beethoven's mittelst Sammlungen in Bonn errichtete Beethovenhalle verwandelt sich — kaum im Rohbau vollendet — in ein Kriegslazareth. Auch der freche Hohn endlich dürfte hierher gehören, mit dem die, durch die ernste Lage ihres Vaterlandes um nichts gebesserten Pariser jüngst eine ihrer neuen, nur zu dem Zwecke gegossenen Kanonen, Beethoven's Landsleute damit zu beschießen, auf des Meisters Namen tauften. — Aber auch noch in ernsterer und bedeutungsvollerer Weise waltet eine Art von Unstern über denjenigen Bestrebungen, die sich, seit des Meisters Hingange, vorzugsweise das Recht vindiciren, bei seinem Namen anzuknüpfen. Um jedoch in dieser Beziehung nicht undeutlich zu bleiben, scheint es geboten, den gewaltigen Meister sowohl in seiner Beziehung zu seinen Vorgängern, wie zu seinen Zeitgenossen und Nachfolgern ins Auge zu faſſen und zu würdigen. Hieraus dürfte ſich auch ein allgemeines Bild ſeiner kunſtgeſchichtlichen und culturhiſtoriſchen Stellung und Bedeutung ergeben.

Die Muſik iſt unter den Künſten entſchieden die jüngſte Kunſt. Das claſſiſche Alterthum kannte die Muſik vorzugsweiſe nur als eine Dienerin der Poeſie, und auch in den Fällen, wo ſie, in den Leiſtungen einzelner Virtuoſen z. B., ſich als ſelbſtändige Kunſt geltend zu machen ſcheint, iſt ſie dies in Wahrheit nicht. Wir haben es hier mehr mit dem ſinnlichen Reiz von Klangwirkungen und den Spielereien einer entwickelten und von der Menge um ihrer ſelbſt willen bewunderten Technik, als mit innerlichen und ethiſchen Wirkungen der Tonkunſt zu thun. [5])

Eine neue Aera für das geſchichtliche Werden der Muſik begann mit der Ausbreitung des Chriſtenthumes. — Die im Alterthume geforderte ſtrenge Unterordnung des Individuums unter die Geſammtheit und den Staat, welche demungeachtet in Griechenland noch eine ſchöne Freiheit der Weltanſchauung einzelner, hervorragender Geiſter ermöglichte, hatte ſich unter der Vorherrſchaft der Römer und des von ihnen gegründeten Univerſalſtaates zu einem Abſolutismus geſteigert, der das Individuum und ſein ſubjectives Denken, Meinen und Empfinden, dem Ganzen gegenüber, nicht nur ſo gut wie verſchwinden ließ, ſondern daſſelbe, in der Mehrheit der Fälle, wie bürgerlich, ſo auch geiſtig verknechtete und entwürdigte. Man darf darum behaupten, daß die Zeit der römiſchen Weltherrſchaft eine der für die Entwickelung der Tonkunſt ungünſtigſten Epochen derſelben geweſen ſein müſſe. Die Muſik iſt gerade darum in einem ſo eminenten Sinne eine moderne Kunſt, weil ſie weniger einer abſtracten oder theoretiſchen Freiheit im Staate, als der ungehinderten Entfaltung des Subjectes und der ihm eingeborenen individuellen und perſönlichen Weiſe die Welt aufzufaſſen und zu empfinden bedarf, um zu ihrer vollen und ungehinderten Entwicklung zu gelangen.

Mit der Ausbreitung des Christenthums geschahen hierzu die ersten Schritte. Dasselbe gab, selbst unter den von der Wucht des römischen Absolutismus am meisten geknechteten Völkern, dem Einzelnen seine eigene, innere Welt, seine persönliche Berechtigung und ein freies Bewußtsein zurück.

Halten wir dies fest, so verstehen wir, warum fast unmittelbar nach der Ausbreitung christlicher Einflüsse die Tonkunst in einer bis dahin noch nicht dagewesenen Weise ihr Haupt zu erheben begann. Wir können mit völligem historischen Rechte sagen, daß der Aufschwung im Entwicklungsgange der Musik, der derselben eine Freiheit verlieh, mittelst welcher sie eine den übrigen Künsten gleichberechtigte Stellung erhielt, mit der fortschreitenden Ausbreitung des Christenthums beinahe gleichen Schritt hielt. — Wir ersehen hieraus, daß Freiheit im höchsten Sinne, daß die Freiheit des Bekenntnisses zu einer idealen Weltordnung, Freiheit der persönlichen Entwicklung und demgemäß einer persönlichen Ueberzeugung, eines persönlichen Empfindens und Wollens, Vorbedingung eines wahrhaften Erblühens der Musik zu einer selbständigen Kunst ist.

Dies wird Ludwig van **Beethoven** gegenüber von eingreifender Bedeutung, denn auch in ihm tritt uns eine jener gewaltigen Persönlichkeiten entgegen, deren ganzes Wesen in dem Begriffe der Freiheit begründet ist; auch er haßte mit glühender Seele jede Art von Sclaverei; auch sein ganzes Leben und künstlerisches Schaffen war ein Ringen nach der Verwirklichung und Darstellung hoher Ideale, mochte er dieselben in **Plato's Republik**, in einer vom starren Dogma losgelösten, persönlichen und verklärten Auffassung des Göttlichen, oder, mit Schiller, in jener allgemeinen Menschenliebe finden, wie sie in des Dichters dithyrambischem Ausrufe sich ankündigt:

„Seid umschlungen Millionen,
Diesen Kuß der ganzen Welt!"

Der erhöhte Aufschwung, den die Musik, durch christliche Einflüsse angeregt, genommen, hatte im Laufe der Zeiten die Entstehung dreier besonderer musikalischer Kunstgattungen zur Folge. Es sind dieselben, die wir in der ihr am nächsten verwandten Schwesterkunst, in der Poesie, gewahren: Die epische, dramatische und lyrische Stylform. Während aber die Poesie zu ihrer höchsten Bedeutung und Stellung im Epischen und Dramatischen gelangt, so daß selbst die frühesten, lyrischen Ergüsse der ältesten Völker einen epischen Grundzug und eine epische Stimmung erkennen lassen, kommt in der Tonkunst, deren innerster und sie am tiefsten von den übrigen Künsten unterscheidender Geist in der Lyrik und im Lyrischen zum Vorschein. Daher kommt es auch, daß die Poesie, wenn sie ganz lyrisch wird, z. B. im Liede, sich, soweit sie es vermag, der Musik zu nähern beginnt, während umgekehrt die Tonkunst im Epischen und Dramatischen in das nächste, ihr mögliche Verhältniß zur Poesie tritt.

Es geht hieraus hervor, daß hervorragende Tondichter, je nachdem ihre schöpferische Thätigkeit sich noch im Umkreise epischen und dramatischen Ausdruckes oder in der Gefühlswelt lyrischer Stimmungen bewegt, in einem gewissermaßen verschiedenen Verhältnisse zu ihrer Kunst stehen. Die zuerst genannten Meister werden, vom Standpunkte einer absoluten Emancipation der Musik von den übrigen Künsten, als weniger specifische Musiker erscheinen, wie die letzteren. In dieser Beziehung ist es nun höchst wichtig für die Erkenntniß der Stellung, die **Beethoven** unter den Heroen der Tonkunst einnimmt, daß man von ihm sagen kann, er habe die lyrischen Stil- und Ausdrucksformen der Musik zu ihrem erweitertsten, erhöhtesten und gewaltigsten Ausdruck gebracht. Da nun die Musik, als selbständige Kunst, (und dies ist sie erst, seitdem sie zu einer un-

gehinderten Entwicklung ihrer lyrischen Ausdrucks= und Empfin=
dungsweise gelangt ist) die modernste unter den Künsten ist,
so kann man sagen, daß Beethoven der modernste unter den
Heroen der Kunst sei, da er nicht nur dem künstlerischen Zeit=
bewußtsein, das sich seit hundert und funfzig Jahren am emi=
nentesten in der Musik äußert, sondern auch dem innersten Ge=
halte dieser so zeitgemäßen Kunst die ergreifendste Aussprache
verliehen. Außer ihm wäre in dieser Beziehung nur noch
Sebastian Bach zu nennen. Auch dieser erscheint, wenn man ihn
mit **Händel, Gluck, Haydn** und **Mozart** vergleicht, wie Beet=
hoven, als der vorzugsweise specifische Musiker.

Um nun jedoch, in Bezug auf das, was wir das lyrische
Gebiet der Tonkunst nennen, nicht unklar zu bleiben, bedarf es
noch einiger Worte. Zur lyrischen Gattung der Tonkunst gehö=
ren die gesammte Kirchenmusik, die gesammte Instrumental=
musik und das Lied, sei es in seiner volksthümlichen, oder in
seiner durch die Kunst vertieften und erweiterten Gestalt[6]).

Daß das Lied, ebenso wie in der Poesie, in unmittelbarster
Weise die lyrische Gattung kennzeichnet, bedarf keines Beweises;
eher dagegen möchten die Instrumental= und Kirchenmusik einer
Rechtfertigung ihres, als vorwaltend lyrisch bezeichneten Charakters
bedürfen.

Man kann im Allgemeinen sagen, daß Alles was uns nö=
thigt aus unserem persönlichsten Gemüthsleben in die uns um=
gebende reale Welt hinaus zu treten, oder auf die Welt näher
einzugehen und dieselbe unseren Zwecken dienstbar zu machen,
einer lyrischen Stimmung entgegengesetzt sei. Daher auch,
wie es die bildende Kunst thut, die Darstellung der Natur,
des Menschen und historischer Ereignisse. In dieser Weise das
eigene Selbst zu erweitern und eine über persönliches Empfin=
den hinausreichende, größere Welt mit Objectivität darzustellen,
nöthigen den Tondichter nur das Oratorium und die Oper.
Das eine ist daher als das musikalische Epos, die andere als

das mufikalifche Drama anzufehen. Die eigentliche Kirchen=
mufik dagegen, d. h. diejenige, die es nicht mehr, wie das
Dratorium, mit der Darftellung wenn auch religiös gefärbter
Begebenheiten, fondern mit der Verherrlichung und der
mufikalifchen Belebung des eigentlichen Gottesdienftes, fowie
zugleich mit denjenigen Momenten deffelben zu thun hat, die
eine ganz perfönliche Ergriffenheit oder ein perfönliches Bekennt=
niß zur Vorausfetzung haben, ift lyrifcher Natur.

Es ift nun höchft charakteriftifch für die Stellung **Beet=
hoven's**, dem gefammten Geiftesumfange feiner Kunft gegenüber,
daß diejenigen feiner Schöpfungen, die fein Wefen am meiften
bezeichnen, der Inftrumental= und Kirchenmufik angehören,
d. h. den gewaltigften Gattungen mufikalifcher Lyrik. Und
zwar hier wiederum einerfeits der Sinfonie und dem Sin=
fonifchen, andererfeits der entwickeltften Form der Kirchenmufik:
der Meffe.

Hiermit ift zugleich eine Antwort auf die möglichen Zweifel
gegeben, ob Beethoven mit dem Namen eines Lyrikers nicht eine
zu befchränkte Bedeutung beigemeffen fei. — Denken wir frei=
lich an den Begriff, den man während der Zeit unferer politi=
fchen Erfchlaffung mit dem Lyriker verband, denken wir an jene,
in Maroquin gebundenen und mit Goldfchnitt verfehenen Bändchen,
wie fie in modifchen Buch= und Kunfthandlungen, unter der
Anzeige der fo und fovielten Auflage, im Schaufenfter prangen,
und in denen uns felten mehr entgegen tönt, als des Verfaffers
unkräftiger Weltfchmerz, ein Liebeln am Theetifch und in Glacee=
handfchuhen, oder ein gelegentliches, tendenziöfes Einftimmen in
das Raufchen einer vergänglichen Zeitftrömung, fo erinnert uns
nichts von dem allen an den Titanen Beethoven. Ihn mit diefer
Gattung von Lyrikern zufammenftellen wollen, hieße einen Heros
mit Pygmäen vergleichen. — Aber der Begriff des Lyrikers läßt,
wenn wir ihn, wie das Alterthum, oder wie ähnliche, großer
Anfchauungen fähige Zeitalter verftehen, noch andere Dimen=

sionen zu. Beethoven ist Lyriker in der Weise des Psalmisten, oder wie Pindar und Ossian, wie Klopstock in seinen erhabensten Oden, **Göthe** in den Gedichten: Grenzen der Menschheit, Prometheus, Harzreise, Schiller in seiner Dithyrambe und seinem Liede „an die Freude". ·

Demungeachtet erscheinen noch nicht alle Bedenken beseitigt. Die Lyrik fordert, ihrer Natur nach, Subjectivität und den Idealisten in einem höheren Grade, als die andern Kunstgattungen. Es könnte daher, da Objectivität als das Höchste in den Künsten gilt, von diesem Gesichtspunkte immer noch als eine Unterschätzung Beethoven's erscheinen, ihn, der auch den Fidelio und die Musik zu Egmont geschaffen, ausschließlich als Lyriker zu bezeichnen. Hierauf ist aber zu antworten, daß Beethoven auch im Fidelio und Egmont vorwaltend nur dem, was ihm subjectiv am wärmsten am Herzen lag: seinem Streben nach Freiheit, seinem Haß gegen alle Tyrannei und seiner glühenden Begeisterung für heroisch sich opfernde Liebe, Ausdruck lieh. Darum sind ihm im Fidelio die Gestalten **Leonorens, Florestan's** und **Pizarro's** so unübertrefflich gelungen, während die Charaktere **Rocco's, Marcellinen's, Jaquino's** und des **Don Fernando** ein gewisses, durch die Oper seiner Zeit erreichtes Niveau kaum überschreiten, und da, wo es sich um humoristische Gestaltung handelt, von einem Mozart weit übertroffen werden. Noch wichtiger aber ist es darauf hinzuweisen, daß, wenn wir auch zugeben müssen, daß der lyrische Ausdruck und die lyrische Stilform am unmittelbarsten mit dem Empfinden und Fühlen des Subjectes verwachsen sind, es doch eine unendliche Verschiedenheit bedingt, welcher Art und Bedeutung dieses Subject ist. Zeigt dasselbe, wie bei Beethoven, eine so erhabene Natur, daß es für sich allein eine ganze Welt darstellt und umfaßt, oder in sich die Kraft fühlt, statt eines kleinlichen, nur individuellen Wehes, die Leiden und Freuden der gesammten Menschheit, ihr Hoffen und Fürchten, ihr Sehnen und Ringen mitzuempfinden und auszudrücken, so verlieren sowohl der Subjectivismus, wie die Idealität, das, was man ihre Beschränkung nennen könnte, falls sie sich nur auf den Einzelnen zurückbeziehen, und seinen Gesichtskreis, statt ihn zu erweitern, nur verengern. Der Dichter und Tondichter dagegen, der, gleich **Beethoven** oder Lord **Byron**, mit Faust sagen darf:

> „Und was der ganzen Menschheit zugetheilt ist,
> Will ich in meinem innern Selbst genießen,
> Mit meinem Geist das Höchst' und Tiefste greifen,
> Ihr Wohl und Weh' auf meinen Busen häufen,
> Und so mein eigen Selbst zu ihrem Selbst erweitern.“

ist ebenso sehr geeignet uns über die engen Schranken des nur Individuellen und Persönlichen zu erheben, als ein Genius, der der Welt, wie **Shakespeare** und **Mozart**, den Spiegel vorhält, in welchem sie ihr durch die Kunst verklärtes Abbild, in der ganzen reichen Abstufung menschlicher Erscheinung erblickt. Beide Richtungen stellen erst die Kunst in ihrem ganzen Umfange dar und beanspruchen somit eine gleiche Berechtigung.

Beethoven zeigt aber nicht nur innere Beziehungen zu Lord Byron und dem, was wir die faustische Seite in der Natur Göthe's nennen dürfen, sondern, mehr fast noch zu Geistern, wie **Michel Angelo** und **Schiller**. Bei ihm, wie bei jenen, finden wir eine vorwaltende Neigung zum Pathetischen, das sich mitunter bis zum Pathologischen zu steigern und auch uns dann in eine fast gewaltsame Mitleidenschaft zu versetzen vermag. Wir erinnern in dieser Beziehung nur an die Jugenddramen Schiller's, an gewisse Gruppen in Michel Angelo's jüngstem Gericht, oder an das ruhelose und schmerzliche Umherirren durch alle Tonarten der Empfindung, mit welchem das Finale von Beethoven's neunter Sinfonie beginnt. Gerade aber das Pathos und die leidenschaftliche Kühnheit Michel Angelo's, Schiller's und Beethoven's ist es, was ihnen eine stärkere Wirkung auf die Jugend und auf

kampfesfrohe Gemüther sichert, als die oft unglaubliche Anspruchs=
losigkeit und Einfachheit, mit der Mozart, Raphael und Göthe
ihren ersten Gedanken hinzustellen pflegen, dessen stille Klarheit
nur selten sogleich auch die darunter verborgene, unergründliche
Tiefe erkennen läßt. So empfindet denn auch keine Altersstufe
inniger, als die Jugend, wie sehr Beethoven jenes Sehnen aus=
tönt, das dem Jünglinge als glühender Wunsch nach Verwirk=
lichung seiner Ideale im Herzen wohnt, mag er dieselbe Freiheit
Verbrüderung und Glück der ganzen Menschheit nennen, finde
er ihre Verkörperung in der poetisch verklärten Gestalt der Ge=
liebten, oder in Heldenthum und Vaterland. Aber auch diejenige
Seite unseres Schiller, die mehr dem Manne als dem Jüng=
linge angehört, finden wir in wunderbarer Spiegelung bei Beet=
hoven wieder. Wenn wir in Schiller nicht nur den Dichter,
sondern ebenso sehr den Charakter und die Gesinnung ehren,
wenn Göthe darum von dem ihm zu früh entrissenen Freunde
sagen durfte:

> Und hinter ihm, in wesenlosem Scheine,
> Lag, was uns alle bändigt, das Gemeine."

so existirt kein Dichterwort, das in gleich bezeichnender Weise auch
auf Beethoven anzuwenden wäre. So geistesaristokratisch und
derb Beethoven auch der Gemeinheit gegenüber, wenn sie seinen
Weg kreuzte, auftreten konnte, (und auch d i e s e n Zug finden wir
bei Michel Angelo und Schiller) so ganz war sein Herz doch im
tiefsten Grunde nur von Liebe, Hingabe und Opferfreudigkeit
für das Glück Aller und jene höchsten, idealen Güter erfüllt,
nach denen die Besten zu allen Zeiten gestrebt haben.

Wie aber Beethoven Michel Angelo's und Schiller's
Größe theilt, so läßt er auch ihre Mängel, von denen ja auch
die Lieblinge der Götter nicht ganz frei sind, gewahren. — Wir
bemerkten bereits, daß über denjenigen Bestrebungen, die sich seit
des Meisters Hingange vorzugsweise das Recht vindiciren, bei
seinem Namen anzuknüpfen, ein gewisser Unstern walte. Wenn

wir nun auch den großen Tondichter nicht verantwortlich machen
können für die Irrthümer einer ihn ebensowohl halb= wie miß=
verstehenden Jüngerschaft, und wenn er auch nichts gemein hat
mit sich überschätzenden, einseitigen und übertriebenen Talenten
die in seinen Fußtapfen zu gehen glauben, wenn sie ihm höch=
stens abgesehen: „wie er sich räuspert und wie er spuckt," so ist
doch nicht zu läugnen, daß ein leiser Anhalt für derartige Miß=
verständnisse seines erhabenen Wesens durch das künstlerische
Schaffen Beethoven's in gleicher Weise gegeben worden ist, wie
er durch Michel Angelo, Schiller und den jugendlichen Göthe
der „Sturm= und Drangperiode" denjenigen gegeben ward, die
an jenen Genien nichts bemerkten, als das zuweilen, wenn auch
nur selten erfolgende Vordrängen des Subjektes vor dem Künst=
ler. Darum ward denn unser **Beethoven** fast ebenso sehr von
Talenten wie **Berlioz**, **Liszt** und **Wagner** mißverstanden, als
ein **Michel Angelo** von einem **Caravaggio**, **Salvator Rosa**, **Bo-
logna** und **Bandinelli**, oder **Göthe** und **Schiller** von einem **Tieck**,
Novalis, **Arnim**, **Görres** und **Brentano**, wenn diese unseren
Dioskuren zum Vorwurf machten, daß sie der romantisch= katho=
lisirenden Richtung ihrer Dramen Faust, Jeane d'Arc und
Maria Stuart nicht treu geblieben seien.

Aus dem bisher über Beethoven Gesagten werden wir un=
schwer auch bereits die Stellung erkennen, die derselbe zu den
anderen Heroen deutscher Tonkunst einnimmt.

In vielfacher Weise ihm verwandt, erscheint **Joseph Haydn**.
Einmal schon als der eigentliche Vater der modernen Instru=
mentalmusik und unserer heutigen Sinfonie; dann aber
auch wegen seiner, wie bei Beethoven, behaupteten Mittelstellung
zwischen lyrischem und epischem Ausdruck. Doch ist die letztere
Seite bei Haydn, wie schon seine Oratorien, die Jahreszei=
ten und die Schöpfung beweisen, stärker entwickelt, wie bei
Beethoven, während dieser wiederum den älteren Meister weit=
aus an lyrischem Schwung, dithyrambischer Begeisterung und

mächtig ergreifendem, die verborgenſten Tiefen der leidenſchaft=
lich bewegten Menſchenſeele enthüllenden Pathos übertrifft. Hier=
aus geht auch hervor, daß Haydn im allgemeinen einer objec=
tiveren Darſtellung der ihn umgebenden und auf ihn wirkenden
Außenwelt fähig iſt, als Beethoven, bei dem wir's mit der
Darſtellung der Innenwelt eines Titanen von bald fauſtiſcher,
bald prometheiſcher Färbung zu thun haben. Aus dieſem Grunde
gehören Haydn's Jahreszeiten und Schöpfung zu ſeinen unver=
gänglichſten Werken. Sie erinnern uns in ihrer treuen Wieder=
ſpiegelung eines reichen, natürlichen und menſchlichen Daſein's,
über das demungeachtet ein Hauch hoher Idealität verbreitet
iſt, ebenſowohl an die Bilder eines **Ruysdael**, wie **Claude
Lorrain**. Bei Beethoven möchten wir dagegen umgekehrt die=
jenigen ſeiner Schöpfungen, in denen er ſich auf eine Wieder=
ſpiegelung der Außenwelt in ſeinem Innern einläßt, die am
wenigſten charakteriſtiſchen für ihn nennen. So z. B. ſeine
Vittoria=Schlacht, oder ſeine Paſtoral=Sinfonie, welche
letztere, ſoviel Herrliches ſie auch bietet, an Tiefe des Inhaltes
doch bedeutend hinter ihren Vorgängerinnen, der Eroica=, der
B=dur= und C=moll=Sinfonie, ſowie hinter der ihr folgen=
den A=dur= und der 8. und 9. Sinfonie zurückſteht.

Auch **Sebaſtian Bach** hat, gleich Haydn, nach mancher
Seite hin eine innerlichere Beziehung zu Beethoven, als
Gluck, Händel und Mozart. Sebaſtian Bach, in ſoweit das
Hauptgewicht ſeines Schaffen's im Kirchlichen und Inſtrumenta=
len ruht, hat ebenfalls vorwaltend den lyriſchen Ausdruck der
Tonkunſt entwickelt und von früheren Traditionen emancipirt.
Doch bleibt der Unterſchied zwiſchen beiden Meiſtern, daß ſie
ſehr verſchiedenen Zeitaltern angehören, und daß Bach, gleich
Dürer, die ſpecifiſch proteſtantiſche Kunſt und deren Auf=
faſſung des Chriſtenthums auf ihren höchſten Gipfel führt.
Beethovens Weltanſchauung dagegen nährt ſich nicht nur von
chriſtlichen, ſondern auch von antik=claſſiſchen Elementen, ſo

daß Plato und Plutarch, (bekanntlich zu seinen Lieblingsschrift-
stellern gehörend) Shakespeare und Göthe seinem Innern ebenso
nahe stehen, wie das Bekenntniß, mit welchem er seine neunte
Sinfonie krönt:

> „Brüder, über'm Sternenzelt
> Muß ein lieber Vater wohnen."

Doch liegt sowohl in seiner Missa solennis, wie gerade in
der neunten Sinfonie etwas von jenem Sebastian Bach'schen
Geiste, den man am kürzesten mit dem Worte bezeichnen könnte,
welches der Erzvater dem mit ihm ringenden Engel zurief: „Ich
lasse dich nicht, du segnest mich denn." — Jenes Emporstreben
Sebastian Bach's aus irdischen Banden und Nöthen in die reinen und lichten Sphären der idealen Welt, welche er unter der
Form der protestantisch-christlichen Anschauung im Herzen trug,
und die sich in Sätzen, wie das große Kyrie der H-moll-
Messe, oder wie der Eingangschor der Matthäus-Passion
so erschütternd kundgiebt, verwandelt sich bei Beethoven in ein
Ringen der Menschenseele nach Liebe, Licht und Leben in einem
allgemeineren Sinne und nach Befreiung von den Banden,
die, als nur irdischer Stoff, oder unter der Form von Zeit und
Raum, den unbehinderten Flug der Seele und ihre Erhebung
zum Ideale vereiteln wollen.

Händel's geistige Beziehung zu Beethoven finden wir in
der auch ihm in so hervorragender Weise verliehenen Begabung,
das Heroische und den Heroismus zu ihrem gewaltigsten und
hinreißendsten Ausdruck zu bringen. Indem Händel aber eine
solche Welt nicht nur im Allgemeinen, und wie sie sich als eine
Empfindung des Subjectes äußert, in seinen Tönen lebendig
werden läßt, sondern sich an das Heldenthum und den Helden der
Sage, Tradition und Geschichte anlehnt, wird ihm das
Lyrische nur noch Episode in einem größeren Ganzen, während
das Epische in den Vordergrund tritt. Im Oratorium, in jener Umgestaltung und Vertiefung, die ihm Händel verlieh, schuf

der Meister das musikalische Epos und ist auf diesem Felde bis zum heutigen Tage, einem zweiten Homer vergleichbar, unerreicht geblieben.

Wie Haydn der Vater der modernen Instrumentalmusik und Sinfonie, Händel hinwieder der Begründer des musikalischen Epos zu nennen ist, so darf man Gluck als den Schöpfer des musikalischen Drama bezeichnen. Was vor ihm, unter der Form des Singspiels und der Oper, zur Geltung gekommen, war alles andere eher, als in Wahrheit das musikalische Drama. Raum und Zeit gestatten uns nicht, dies an dieser Stelle weiter auszuführen. Hier sei nur bemerkt, daß Gluck, eben weil er in fast ausschließlicher Weise Dramatiker war, dem großen Lyriker Beethoven verhältnißmäßig am fernsten unter den Heroen deutscher Tonkunst steht. Doch darf man mit Gewißheit sagen, daß die große Scene und Arie im Fidelio: „Abscheulicher, wo eilst du hin!", — sowie die ganze Kerkerscene im zweiten Acte derselben Oper, ohne die, wenn auch durch Mozart vermittelten Einflüsse Gluck's auf Beethoven, unmöglich gewesen sein würde.

Mozart nimmt eine wunderbare Mittelstellung zwischen den vorhergenannten Heroen deutscher Tonkunst ein. Dies geht schon daraus hervor, daß er der Einzige unter ihnen ist, bei welchem epische, dramatische und lyrische Anlage beinahe einander das Gleichgewicht halten. Im Felde der Oper erscheint Mozart als der Nachfolger, Erweiterer und Vollender des, durch Gluck in Wahrheit erst angebahnten, musikalischen Drama's, indem er der tragischen auch die komische und romantische Oper, sowie eine zwischen beide in der Mitte stehenden Gattung hinzufügte, von deren Möglichkeit, vor Mozart's Auftreten, niemand eine Ahnung hatte. Wenn auch nicht im rein Epischen, da sein Oratorium: Davidde penitente im Ganzen seines Schaffens fast verschwindet, so finden wir doch Mozart im Gebiete des Episch-Lyrischen in fast gleich hervorragender Weise mit Haydn und Beethoven vertreten, und hier liegt auch eine seiner

Hauptbeziehungen zu dem Meister, dem unsere Worte gewidmet sind. Mozart stellt sowohl in der Sinfonie und Sonate, wie in der Kammermusik das verbindende Mittelglied in der Trias dar, die uns unter den unsterblichen Namen: Haydn, Mozart und Beethoven so bekannt ist. Auch die anderen Gattungen musikalischer Lyrik, die Kirchenmusik (wir erinnern nur an sein Requiem, an seine Messen und an das Ave verum), nicht weniger das Lied beherrscht und erweitert Mozart in einer neuen Weise, und gerade Beethoven's Missa solennis dürften wir, ohne die Einwirkung von Mozarts Requiem auf deren Schöpfer, kaum in der uns vorliegenden Gestalt besitzen.

Es ist eigenthümlich, wie deutlich Beethoven selber die hier angedeuteten Beziehungen zu seinen großen Genossen unter den deutschen Tonkünstlern empfand. Schindler erzählt uns, daß Sebastian Bach's wohltemperirtes Klavier fast immer aufgeschlagen auf seinem Flügel gelegen. Es ist ferner bekannt, daß Beethoven Haydn's Schüler gewesen und demselben einige seiner Erstlingswerke zugeeignet hat. Fast mehr aber noch muß uns seine, fast grenzenlose, Bewunderung für Händel und Mozart überraschen, die ihm doch, wie wir gesehen, bezüglich ihrer Anlage eigentlich weniger nahe gestanden, als Bach und Haydn. Und dennoch ist eine solche Erscheinung ganz natürlich, da uns gewöhnlich das an anderen, was wir in gleichem Grade besitzen, weniger in Erstaunen setzt, als das, was sie vor uns voraus haben, oder was sie von uns unterscheidet. So konnte Beethoven nicht genug die Wirkung bewundern, die Händel mit den einfachsten Mitteln hervorbrachte, indem er meinte, daß der Wechsel einiger Grundaccorde bei jenem oft mehr bedeute und sage, als die verwickeltsten Harmonienfolgen neuerer Meister, und daß wir von Händel lernen könnten, wie Größe und Einfachheit Hand in Hand gingen. Wie stark Mozart auf ihn einwirkte, zeigen neben vieler seiner Kammermusiken, besonders die beiden ersten Sinfonien, zeigen seine herrlichen Variationen über das Thema: Notte e giorno faticar aus Mozart's Don Juan, sowie seine wiederholt ausgesprochene Bewunderung der Zauberflöte desselben Meisters.

So haben wir denn Beethoven nicht nur als einen Ebenbürtigen sich den größten Tondichtern aller Zeiten anschließen sehen, sondern wir haben auch erfahren, daß er dem, unserer Zeit so gemäßen Ausdruck subjectivsten Empfindens, welchem die Musik gerade so günstig ist, seinen erhabensten Inhalt verlieh, und daß er die Tonkunst im Instrumentalen, der einzigen Gattung in der sie völlig selbständig auftritt, zu dem Gipfel ihrer Leistungsfähigkeit führte. Alles in allem müssen wir unsern Meister — gleich Plato, Schiller und Michel Angelo — einen der gewaltigsten Vorkämpfer des Idealismus und der idealen Sehnsucht unseres Geschlechtes nach der Verwirklichung eines Reiches der Liebe, Freiheit und Schönheit nennen. Er hat daher für unsere, in einer realistischen Strömung begriffenen Zeit eine doppelte Bedeutung, indem er auch in der Gegenwart Ehrfurcht und warme Begeisterung für die ethischen Forderungen und Pflichten unseres Geschlechtes aufrecht erhält und an seinen Schöpfungen nährt und steigert. Ein ganz besonderes Verhältniß hat er in dieser Beziehung wiederum zu seinem eigenen Volke, da wir Deutschen, neben aller practischen Bethätigung, uns zu jeder Zeit einen reinen und durch keine Bornirtheit beschränkten Idealismus zu erhalten gewußt haben.

Es verlohnt sich wohl, da wir den Schwerpunkt des gesammten Schaffens des Meisters im Instrumentalen und Sinfonischen fanden, noch mit einem Worte der erhabensten, von ihm auf diesem Gebiete geschaffenen Gebilde zu gedenken; wir meinen seiner Sinfonien. Durch ein reizendes Spiel des Zufalles erreichen Beethoven's Sinfonien die Zahl, welche die Griechen den Musen gaben. Man kann hinzufügen, daß dieselben sich auch bezüglich ihres verschiedenen Charakters in einem kaum geringeren Grade von einander unterscheiden, wie die Musen, bezüglich ihrer, ihnen von dem dichtenden Geiste des griechischen Volkes zugetheilten, verschiedenen, innerlichen Bedeutung.

Von den Sinfonien Nr. 1 C=dur und Nr. 2 D=dur läßt sich sagen, daß sie noch nicht den eigentlichen Beethoven enthalten; wir meinen, daß sie noch nicht das Bild der Persönlichkeit Beethoven's nach den Seiten hin, durch die er sich von seinen Vorgängern Haydn und Mozart unterscheidet, ausreichend kenntlich machen. Dagegen finden wir in ihnen noch mannigfache Anklänge an diese, seine beiden großen Vorgänger im Felde der Sinfonie, und zwar in einer noch hervortretenderen Weise ein Anlehnen an **Mozart,** als an Haydn. Der künftige, selbständige Beethoven und das Dämonische seiner Natur kündigt sich gleichsam nur in einzelnen Momenten, oder wie ein, einem Gewittersturme vorhergehendes, fernes Wetterleuchten an. Erst in der dritten Sinfonie, der Eroica, richtet sich der Geist Beethoven's in seiner ganzen Eigenthümlichkeit und Erhabenheit vor uns auf. Es ist bekannt, daß diese Sinfonie anfänglich den Namen des ersten Napoleon trug, in welchem Beethoven nicht nur den Helden, sondern auch den großen Menschen zu sehen glaubte, der sein, von den Stürmen der Revolution zerrissenes Vaterland zu wahrer Freiheit und Größe führen und so der Welt ein leuchtendes Beispiel erhabener Uneigennützigkeit geben würde. Als jedoch der Consul sich in den Kaiser Napoleon verwandelte, und es deutlich ward, daß er nur darum die Welt unterjoche und sein Volk von Schlachtfeld zu Schlachtfeld führe, weil er nichts auf Erden liebe als sich Selbst, zerriß Beethoven das Titelblatt des Manuscriptes seiner unsterblichen Sinfonie und gab derselben ihren heutigen Namen. Ein Urtheil, das unser Volk seitdem durch die Entthronung zweier Napoleons und seinen dritten Heereszug nach Paris unterschrieben und bekräftigt hat! —

Die Eroica unterscheidet sich auch dadurch von ihren beiden

Vorgängerinnen, daß in ihr zum erstenmale das sinfonische Scherzo, welches wir Beethoven verdanken, und das er an die Stelle des früher üblichen Menuett's stellte, in seiner ganzen reichen Ausführung und Kühnheit sich vor uns entfaltet. Seine erste Sinfonie enthält noch das Menuett; die zweite zwar schon ein Scherzo, aber in so knappen Formen, daß es hierdurch wieder dem Menuett verwandt erscheint. Einer ferneren Neuerung Beethoven's durch seine dritte Sinfonie begegnen wir in dem ihr ertheilten besonderen Namen, der unser Gemüth darauf vorbereitet, daß sich die einzelnen Sätze dieses Werkes innerhalb eines ganz besonderen und charakteristischen Gefühlskreises bewegen, dessen einzelne Momente durch die Bezeichnung des zweiten Satzes, als eines Trauermarsches, noch schärfer charakterifirt werden.

Die Eroica giebt uns Gelegenheit auf eines der gründlichen Mißverständnisse hinzuweisen, in das jene, obenerwähnte Jüngerschaft, die den Meister besonders für sich gepachtet zu haben glaubt, im Anschluß, wie sie meint, an denselben, verfällt. Von dieser Seite her ward Beethoven nämlich wiederholt als der Tondichter bezeichnet, der, neben bloßen Empfindungen und Gefühlen, auch dem Gedanken in der Tonsprache Ausdruck geliehen habe. Die Leichtfertigkeit, mit der man durch einen solchen Ausspruch Meister wie Haydn und Mozart zu musikalischen Kindern degradirt, ist unglaublich. Die Wirkungen beider Tondichter werden hierbei entweder nur auf sinnlichen Wohlklang, oder auf eine ganz allgemeine und daher für uns gleichgültige Darlegung von Gefühlen, wie Liebe, Haß, Heiterkeit, Trauer u. s. w. reducirt, welche, falls sie eines tieferen, gedanklichen und aus der künstlerischen Persönlichkeit hervorgehenden Zusammenhanges entbehrten, sicherlich zu einer geisttödtenden Trivialität herabsinken würden. Hätten die Verkündiger solcher unhaltbaren Sätze statt dessen lieber bemerkt, zu welchen sparsamen und kargen Andeutungen sich Beethoven höchstens versteht, wenn er uns einen Fingerzeig über die Stimmung geben will, die ihn gerade vorzugsweise erfüllt! — Solche Fingerzeige finden wir in den neun Sinfonien Beethoven's, nur in zweien derselben: in der Eroica- und in der Pastoral-Sinfonie; denn gerade die neunte Sinfonie, die, nach der Auffassung der musikalischen Neu-Romantiker, am meisten eines Commentares bedürfen würde, bleibt bis zum Eintritt des Gesanges ohne jedes erklärende Wort. Demungeachtet aber führten Tondichter, wie Berlioz und Liszt, ihre, mit ausführlichen, erklärenden Programmen versehenen „sinfonischen Dichtungen" auf einen Meister wie Beethoven, als den Urheber dieser ganzen, sogenannten gedanklichen Richtung in der Instrumentalmusik zurück. Sie scheinen nicht zu ahnen, daß Instrumentalmusik erklären wollen, dieselbe ihrem innersten Wesen nach negiren heißt. Will der Tondichter künstlerische Wirkungen an ein begriffliches Verständniß anknüpfen, so geben ihm hierzu die Verbindungen der Poesie mit der Musik, sei es im Liede, sei es in der Kirchenmusik, in der Oper oder im Oratorium, Gelegenheit genug. Greift er dagegen zur Instrumentalmusik, so zieht er sich gerade in jenes innerste Gebiet der Tonkunst zurück, das an dem Punkte beginnt, wo Worte und Begriffe nicht mehr ausreichen, und wo das Unaussprechliche, was in jedes tieferen Menschen Seele lebt, nach Ausdruck ringt. Das Unaussprechliche aber wieder aussprechen wollen, heißt die Musik auf dem Felde wieder beschränken und einengen, wo sie allein, ohne jede Mithülfe einer anderen Kunst, besteht, und auf das ihr, weil sie vorzugsweise dem Wunderbaren, Geheimnißvollen und Dämonischen Stimmen leiht, auch keine andere Kunst mit gleicher Wirkung zu folgen vermag.

Einen sehr verschiedenen Charakter von der Eroica läßt Beethoven's 4. Sinfonie in B-dur gewahren. An die Stelle einer Welt in Waffen, oder eines Helden, der im Kampfe für erhabene Ziele über Tod und Vergänglichkeit triumphirt, treten hier die Kämpfe, die der im eigenen Herzen Einkehrende, die das Genie in seinem Inneren erlebt und zu bestehen hat. In dem ersten Satze, mit seinem „göttlichen Erkühnen“, wogt, ringt und jubelt alle Leidenschaft der Jugend. Wir begegnen hier demselben Widerstreit gegen einander ankämpfender Gefühle, der uns aus des Dichters Worten entgegentönt:

> „Himmelhoch jauchzend, zum Tode betrübt!
> Glücklich allein ist die Seele, die liebt!“

Dergleichen Commentare eines Instrumentalwerkes sind selbstverständlich, bis zu einem gewissen Punkte hin, immer nur subjectiver Natur, weil eine wirkliche Definition des Ideenganges eines Instrumentalstückes, wie wir bereits betonten, eine Absurdität ist, über die bekanntlich niemand ironischer die Achseln zuckte, wie Beethoven selber. Doch müßte es schlimm um den inneren Zusammenhang einer solchen Composition stehen, wenn nicht wenigstens die allgemeinste Stimmung derselben anzudeuten wäre. Es ist dies etwas ganz anderes, als aus einem Instrumentalsatze besondere Begebenheiten und Vorgänge unter bekannten historischen oder dichterischen Personen und unter Voraussetzung bestimmter Lokalitäten und Zeiten heraushören wollen. Ebenso unmöglich, als die Versuche von Talenten wie Liszt, Berlioz und ihrer Jünger, gewisse auf begrifflichen Zusammenhang, oder auf Anschauungen und Erfahrungen beruhende poetische Vorwürfe, z. B. Dante's göttliche Comödie und das, der indischen Philosophie angehörende Nirvana durch Töne, ohne die hinzukommende Hülfe der Dichtung zu versinnlichen. Andeutungen dagegen der von uns gegebenen Art beschränken sich gewissermaßen nur auf die Angabe der Tonart der lyrischen Empfindung, die den Tondichter in diesem oder jenem Satze vorzugsweise beherrschte. In einem solchen Sinne bitten wir daher auch unsere Bemerkungen zu Beethoven's Instrumentalcompositionen zu verstehen.

Kehren wir zur B=dur=Sinfonie zurück. Das Adagio

derselben gleicht dem stillen Bergsee, in dessen kristallener Fläche sich eine wunderbare, phantastische und doch das Gemüth mit zauberhaftem Frieden erfüllende Landschaft spiegelt. Die ruhelose Leidenschaft des ersten Satzes sammelt sich hier gleichsam zu weihevoller und stillbeseligter Betrachtung. Zwar schweift mit dem Blicke auf blau=duftige Gebirgszüge auch unser Geist in weite Fernen, aber nicht in verzehrender Sehnsucht, sondern wie von dem sicheren Hafen aus, in welchem das Gemüth einen langentbehrten Frieden gefunden, unter dessen verklärendem An= hauch der Tondichter die mannigfach verschlungenen Geschicke des Einzelnen und der Welt, wie aus der Vogelperspective und in reine Harmonie aufgelöst unter sich erblickt.

Das Scherzo mahnt uns an den Vers:

> „Und frische Nahrung, neues Blut
> Saug ich aus freier Welt."

und im Gegensatze dazu das Trio an jene andere Stelle dessel= ben Gedichtes:

> „Aug' mein Aug', was sinkst du nieder,
> Gold'ne Träume, kehrt ihr wieder?"

Für den letzten Satz endlich wüßten wir nichts bezeichnen= deres zu sagen, als indem wir mit demselben Dichter ausrufen: „Wie von unsichtbaren Geistern gepeitscht, gehen die Sonnen= pferde der Zeit mit unseres Schicksals leichtem Wagen durch, und uns bleibt nichts, als muthig gefaßt, die Zügel festzuhalten und bald rechts, bald links, vom Steine hier, vom Sturze da, die Räder abzulenken. Wohin es geht, wer weiß es? Erinnert er sich doch kaum, woher er kam!" —

In Beethoven's C=moll=Sinfonie hat sich das, in der Eroica zum Ausdruck gelangende Ringen eines waffengerüsteten Helden um Sieg und Triumph, zu einem Ringen der ganzen Menschheit nach Freiheit und Erfüllung ihrer heiligsten Hoff= nungen erweitert. Die Sinfonie könnte daher auch sehr wohl das Motto tragen: „Durch Nacht zum Licht." Es ist Beethoven hier gelungen, nach einem Eingang kühnster und erhabenster Art, wie ihn der erste Satz darstellt, und nach den hierauf folgenden Steigerungen, durch Stimmungen voll hoher Entschlüsse und Schilderung eines Muthes der Seele, der auch dem Dämonischen und dem Geschicke trotzt, sich selber noch zu überbieten. Das Finale übertrifft die kühnsten Hoffnungen, die die vorhergehenden, ahnungsvollen Sätze erregten und krönt das ganze Werk in einer Weise, die uns überwältigt und beglückt. Wie der blendende Aufgang der Sonne, wenn sie nach langer Nacht, sieghaft wie ein Held, über den Rand des Horizontes emporsteigt, so wirkt der Eintritt des C-dur-Thema's nach den dämonisch-nächtigen Schauern des Scherzo's. Wir möchten darum dieser Sinfonie, unter allen, die wir dem Meister verdanken, die Palme zuerkennen. Zu einem ähnlich unübertrefflichen und staunenerregenden künstlerischen Ausdruck eines titanenhaften Wollens und Empfindens, zu einem zweiten, scheinbar so mühelosen und natürlichen und dennoch nur dem Genie auffindbaren Abschluß eines langen Widerstreites entgegengesetzter Gefühle, wie ihn das Finale bringt, ist Beethoven, trotz alles Herrlichen und Neuen, womit er uns in den späteren Sinfonien noch beschenkt, nicht wieder gelangt.

Es würde die Grenzen, innerhalb deren wir uns zu bewegen haben, überschreiten, wollten wir hier auch noch auf die 6., 7. und 8. Sinfonie näher eigehen, zumal da der Tondichter in der Pastoral-Sinfonie selber Anhaltepunkte für die Stimmung, um die es sich handelt, gegeben, und da der dithyrambische Jubel, in welchen die A-dur-Sinfonie, oder der alles vor sich niederwerfende, göttliche Humor, in welchen die achte Sinfonie, auslaufen, zu prononcirt sind, um sich einem musikalischen Verständnisse nicht auch ohne alle Commentare zu erschließen.

Um so bedürftiger erscheint das letzte, gewaltige Orchesterwerk des Meisters, die berühmte neunte Sinfonie, einer Erklärung zu sein. Der, an ihrem Schlusse hinzutretende

Gesang der Schiller'schen Ode an die Freude steht weit mehr wie ein großes Fragezeichen, als wie eine Auflösung der Räthsel da, die uns der Tondichter in den vorhergehenden Sätzen zu lösen giebt. Und doch zeigt es sich gerade bei diesem Werke, wie unzulänglich und auf Abwege führend, einem Instrumentalwerke gegenüber, alle Commentare sind. Kein geringeres Talent, als **Richard Wagner**, hat ein erklärendes Programm zur neunten Sinfonie geschrieben. Wir geben gern zu, daß alles, was sich in demselben auf die Grundstimmung des Werkes bezieht, dem, was der große Meister uns hat sagen wollen, verwandt erscheint. Es läßt sich z. B. nicht leugnen, daß besonders im ersten Satze eine ähnliche Stimmung waltet, wie sie uns aus den Monologen **Faust's** entgegentönt. Demungeachtet begegnen wir im Einzelnen wiederum Erklärungen, die uns durch ihre Seltsamkeit geradezu befremden, oder durch ihre Gewaltsamkeit in Erstaunen setzen. Wie ist es z. B. möglich, das, dem Scherzo folgende, hochpoetische **Trio**, welches sich, besonders mit dem Eintritt der Posaunen, zu einer Stimmung verklärtester und heißester Sehnsucht steigert, durch die **Göthe'schen** Worte zu bezeichnen:

> „Dem Volke hier wird jeder Tag ein Fest.
> Mit wenig Witz und viel Behagen
> Dreht jeder sich im engen Zirkeltanz,
> Wie junge Katzen mit dem Schwanz."

Der Erklärer läßt sich hier eben nicht daran genügen, sich auf **Faustische** Stimmungen im **Allgemeinen** bezogen zu haben, sondern das Sein und Empfinden des wirklichen **Göthe'schen** Faust's, daher auch die Anschauungen des **Mephistopheles** vom Leben, die uns ja nur die andere Seite des Dichters enthüllen, sollen hier dem Tondichter und seinem Werke aufgenöthigt werden.

Jn Wahrheit zu verstehen ist die neunte Sinfonie nur dann, wenn wir, anstatt nach **Faust** oder ähnlichen, entweder von Außen herbeigeholten, oder dem subjectiven Belieben überlassenen Erklärungen zu greifen, uns ganz in die innere, persönliche Welt Beethoven's versenken.

Welche Gestalt hatte dieselbe gewonnen, als die 9. Sinfonie in seinem Geiste geboren ward? — Hinter ihm lag ein Leben voll der grausamsten Täuschungen. Er hatte niemand gefunden, den er seinen ebenbürtigen Freund hätte nennen können. Aber auch die Liebe hatte ihn getäuscht. Seine erste Neigung, diejenige zu seiner Julia, scheiterte an dem Unterschiede des Standes und der Vorurtheile. Ein später, heiß von ihm geliebtes Mädchen, um das sich mit ihm zugleich sein Fachgenosse Hummel bewarb, entschied sich für den letzteren, da derselbe eine Anstellung und nicht, wie Beethoven, das Unglück hatte, harthörig zu sein. Seine Brüder, in welchen der Mensch, in der unendlichen Mehrzahl der Fälle, seine, von der Natur selbst ihm verliehenen Freunde besitzt, sperrten Beethoven von der Welt ab und verdächtigten ihm alle edlen und besseren Naturen, die sich ihm nähern wollten, um sein Genie desto ungestrafter für ihre niederen Zwecke mißbrauchen und ausbeuten zu können. Hierzu trat nun noch, bald nach seiner Ankunft in Wien, die immer zunehmende Taubheit.

Wie stark solche, schon in seinen jüngeren Jahren ihn treffende Schicksale sein Gemüth damals bereits erschütterten, beweist am besten sein im Jahre 1802, in welchem er schwer erkrankt war, an seine Brüder gerichtetes Testament. Er sagt darin: „Es fehlte wenig und ich endigte selbst mein Leben. — Nur sie, die Kunst, sie hielt mich zurück! Ach es dünkte mir unmöglich, die Welt eher zu verlassen, bis ich das alles hervorgebracht, wozu ich mich aufgelegt fühlte. Und so fristete ich dieses elende Leben."

Und doch ward Beethoven, als er so schmerzliche Bekenntnisse niederschrieb, noch allgemeine Anerkennung als Künstler in Wien zu Theil. Aber auch dieser Genugthuung sollte er sich nicht lange erfreuen. Der Neid seiner Fachgenossen ward nicht nur in Wien, sondern auch außerhalb desselben, laut und lauter. Es schmerzt uns, sagen zu müssen, daß selbst ein Carl Maria von Weber zu denjenigen gehörte, die den Meister öffentlich angriffen und verunglimpften. Wie nun vollends die Opern von Rossini Mode geworden waren, sehen wir Beethoven und seine Werke in Wien einer völligen Vergessenheit verfallen. Den besten Beweis hierfür liefert das Promemoria, das eine kleine Zahl von Künstlern und Kunstfreunden im Jahre 1824 an Beethoven richtete. Es heißt darin: „Wir gewahren trauernd, wie der Mann, den wir in seinem Gebiete als den höchsten unter den Lebenden nennen müssen, es schweigend ansieht, wie fremdländische Kunst sich auf deutschem Boden, auf dem Ehrensitz der deutschen Muse lagert, wie deutsche Werke nur im Nachhall fremder Lieblingsweisen gefallen, und wo die Trefflichsten gelebt und gewirkt, eine zweite Kindheit des Geschmackes dem goldenen Zeitalter der Kunst zu folgen droht." Das Schreiben schließt mit der Bitte, Beethoven möge, trotz der Ungunst der Menge, mit seinen neuesten Werken hervortreten und dem Modegeist des Tages das Terrain streitig machen.

Kann es uns wundern, daß der vielgeprüfte Meister, als er nach langer Dürre ein solches Zeichen der Anerkennung erhielt, mit Thränen erfüllten Augen in die Wolken blickte und die Worte lispelte: „Es ist doch schön", wie uns der dabei anwesende Schindler erzählt? — Doch war auch dies nur Täuschung, da es ihm nicht gelang, seinen neuesten Schöpfungen die erwartete Anerkennung zu erringen.

Die Erlebnisse mit seinem Neffen, den er an Sohnesstatt angenommen, waren auch nur dazu angethan, sein leidendes Gemüth noch mehr zu verdüstern, da ihn der leichtsinnige Jüngling, statt Liebe, Undank und statt Ehre, Schande erndten ließ. Ein Unglück endlich kann man es geradezu nennen, daß Göthe, den Beethoven glühend verehrte, demselben nicht näher trat. In Karlsbad, wo sie zusammentrafen, schien zwar der Anfang dazu gemacht; Zelter jedoch, dem der Genius Beethoven's unfaßbar blieb, sorgte leider dafür, Göthe einen möglichst unvortheilhaften Begriff von der Art und Weise der Genialität Beethoven's beizubringen. Wir verweisen in dieser Beziehung auf den Briefwechsel Göthe's mit Zelter, in welchem der letztere Beethoven mitunter wie einen halbtollen und unzurechnungsfähigen Menschen darstellt. Hiermit mag es, wenn auch nicht entschuldigt, so doch erklärt werden, warum Göthe ein Schreiben Beethoven's, in welchem ihn dieser darum bat, ihm für seine Missa solennis, die er auf Subscription drucken lassen wollte, die Unterschrift des Herzogs von Weimar zu verschaffen, gänzlich unbeantwortet ließ.

Und so sollte selbst Beethoven's größter Zeitgenosse mit dazu beitragen, sein schon so vielfach verwundetes Herz zu kränken. Dies ist um so schmerzlicher, da wir für gewiß annehmen können, daß der große Dichter, wenn er Beethoven's Freund geworden wäre, in ähnlicher Weise beglückend, fördernd und versöhnend auf ihn gewirkt haben würde, wie er dies auf den, in so mancher Beziehung Beethoven verwandten Schiller gethan hat.

Und damit auch das Letzte irdischen Mißgeschickes dem Tondichter nicht mangele, sehen wir ihn, alt und krank, in pekuniäre Bedrängnisse gerathen, die ihn zwingen, den in England weilenden Moscheles um Vermittelung einer Geldunterstützung durch die Londoner philharmonische Gesellschaft zu bitten. Aber nicht nur hinsichtlich seiner Beziehungen zum Leben und seinen Geschicken sollte Beethoven's Erdenwallen eine Kette von Unglück darstellen, sondern er sollte auch den Glauben an seine Ideale scheitern oder verbleichen sehen. Und hierzu mochte gerade der hohe idealistische Flug seines Geistes, im schneidenden Contrast mit einer Welt, die den Hoffnungen seines Gemüthes nie und nirgends Wort gehalten, das Seine mit beitragen.

Er begeistert sich für Plato's Republik und, in einem leicht erklärlichen Zusammenhange damit, für die französische Revolution und dem aus ihr hervorgehenden Helden. Aber weder diese Revolution, die in Greueln endigte, noch jener Held, von dem er glaubte, daß er den sittlichen Kern jener gewaltigen Umwälzungsperiode der Nachwelt unversehrt überliefern würde, erfüllen seine Erwartungen.

Er kommt als guter Katholik vom Rhein an die Donau. In dem lustigen Wien gewinnt ihm jedoch der Katholicismus einerseits ein so weltliches, andererseits ein so beschränktes Ansehen, daß er sich, wie **A. B. Marx** so wahr sagt, in seiner Missa solennis seinen eigenen Geistesdom, neben und außerhalb des Domes von Sct. Stephan errichtet. Wir sehen ihn zuletzt Freimaurer werden, aber daß er hier seine letzte und endliche Befriedigung gefunden, dürfte, bei Beethovens besonderer Anlage, ebenfalls bezweifelt werden. Hiermit würden denn auch die Worte stimmen, mit denen der sterbende Meister von den ihn umgebenden Anwesenden Abschied genommen haben soll: „Plaudite, amici, comoedia finita est!"

Ein Vaterland hatte der Deutsche damals noch nicht, so daß Beethoven auch die Wohlthat, über die großen und erhebenden Geschicke des eigenen Volkes, persönliche Leiden zu vergessen, nicht zu Theil ward. Der einzige große Aufschwung, gelegentlich dessen sich alle Deutschen damals eins fühlten, waren unsere Freiheitskriege von 1813 und 1815. Derselbe kam jedoch in Wien zu einer viel geringeren Geltung und Erscheinung, wie im deutschen Norden. Ueberdies erlebte unser Meister auch die Ernüchterung der, durch **Metternich** in ganz Deutschland organisirten und wie Mehlthau auf die Blüthen nationaler Begeisterung niederfallenden Reaction.

So hatten Beethoven denn — ihn, der dies tiefer wie die meisten empfand — die von ihm angebeteten Ideale seines Herzens: Freiheit, Religion und Vaterland, und noch mehr, die von ihm über sie alle gestellte und seinerseits der ganzen Menschheit geltende Liebe getäuscht, denn sie war ihm von keiner Seite erwidert worden. Unverstanden von der Welt und seinen Fachgenossen, ohne eine Seele, in deren Busen er seinen Kummer hätte ausschütten können, durch völligste Taubheit auch von dem oberflächlichsten Verkehr mit seines Gleichen ausgeschlossen, von niedrigen Seelen verrathen und belogen, dazu körperlich schwer leidend und mit einem, mehr wie je nach innen gekehrten Geiste — so finden wir den Meister, als er die 9. Sinfonie componirte. Und wie uns dies letzte, gewaltige Orchesterwerk Beethovens gleichsam das Antlitz einer Sphinx zukehrt und in seinem räthselhaften Charakter an die letzten Arbeiten **Michel Angelo's** mahnt, so theilt er mit diesem auch die erhabene Einsamkeit, in welcher wir beide am Ausgange ihrer Laufbahn dastehen sehen.

Sollen wir nun überhaupt zu einer Erklärung der Gemüthszustände kommen, aus denen die neunte Sinfonie hervorging, so ist dies nur möglich, wenn wir uns den Meister in der, oben von uns geschilderten Stimmung seiner letzten Jahre und in Beziehung auf das, was an Erlebtem hinter ihm lag, vergegenwärtigen.

Unter einem solchen Gesichtspunkte erscheint uns der Eingang des ersten Allegro's, als eine Darstellung jener trostlosen Leere und Oede, die den Menschen ergreift, wenn er seine Ideale versinken sah. Wie hätte der Meister eine solche innere Erstorbenheit ergreifender darstellen können, als durch jene, im Streichorchester vibrirende und in den Hörnern mitklingende, leere Quinte, mit welcher die Sinfonie beginnt. Zwar rafft sich der Tondichter wiederholt aus diesem Hinbrüten, den unlösbaren Räthseln des Lebens gegenüber, zu gewaltiger That und heldenhaftem Ringen mit des Schicksals Mächten auf. Jedoch nur, um schließlich die Fruchtlosigkeit menschlicher Bemühungen einzugestehen, den Schleier des Geheimnisses, der die Welt deckt, zu lüften. So nur können wir uns jenen furchtbaren Basso continuo am Ausgange dieses Satzes deuten. Derselbe malt, in der Hartnäckigkeit seiner Wiederkehr, gleichsam das sich steigernde Bewußtsein von den ehernen Ketten, mit denen der Mensch, ohne Antwort auf seine schon vor Jahrtausenden gestellten Fragen zu erhalten, an das Entstehen und Vergehen der gesammten Natur geknüpft ist.

Das, dem Allegro folgende S c h e r z o packt uns mit jenem wilden und sich in den Strudel der Begebenheiten stürzenden Humor, den wir bei Faust, nachdem er seinen Pakt mit dem Teufel geschlossen, und in vielen Dichtungen Lord **Byron's**, in verwandter Art aber auch in Shakespeares **Lear** und **Hamlet** begegnen. Es scheint uns aus diesem Satze ebensowohl eine wild-glühende Sehnsucht nach Vergessen des inneren Zwiespaltes in Kampf und Sturm, wie eine großartige Selbstironie und das unheimliche Lachen der Verzweiflung herzutönen. Im Gegensatze hierzu waltet im T r i o die Stimmung jener Worte Faust's:

> „Dies Lied verkündete der Jugend muntre Spiele,
> Der Frühlingsfeier freies Glück.
> Erinnrung hält mich nun, mit kindlichem Gefühle,
> Vom letzten, ernsten Schritt zurück.
> O tönet fort, ihr süßen Himmelslieder!
> Die Thräne quillt, die Erde hat mich wieder!"

Aus einer solchen Gefühlstonart ist der Uebergang in eine religiöse Stimmung und in ein letztes, vertrauensvoll gläubiges Suchen nach G o t t, den wir in derselben Weise auch bei Faust erleben, ein von dem Gemüthe gewissermaßen geforderter. Dem zartesten Austönen eines solchen gläubig liebenden Vertrauens auf himmlische Hülfe, begegnen wir nun in dem wundervollen A d a g i o der Sinfonie. Wir glauben hier die ätherischen Geigentöne jener zarten und graciösen Engel zu vernehmen, die wir auf so vielen Bildern der italiänischen Schule der vor und nach Raphaelischen Zeit, nicht weniger auch bei unserem Albrecht Dürer, zu beiden Seiten der das Christuskind haltenden Himmelskönigin musiciren sehen. Wir meinen nun erst zu begreifen, was Pythagoras unter Sphärenmusik verstanden habe. Aber auch die lichte, verklärte Tonwelt dieses Satzes fängt an gegen seinen Schluß hin zu erbleichen und endet mit jenem, leise aus den verborgensten Tiefen der Seele wieder emporsteigenden Gefühlen des Zweifels und der Unruhe, wie sie uns bei den Triolen der Bratschen und Geigen und den, unheimlich dazu hin- und hertastenden, dumpfen Paukenschlägen am Ausgange dieses Satzes ergreifen.

Das Finale beginnt gleichsam mit einem lauten Aufschrei des Unmuthes der, an die Grenzen ihres Witzes gelangten menschlichen Seele. Aller Kampf, alles Hoffen, Sehnen und Glauben, ja selbst die Ironie und eine entschlossene Hingabe an das Unabänderliche, haben sich dem Gemüthe des Tondichters als eitel und nichtig erwiesen und ihm keinen dauernden inneren Halt zu gewähren vermocht. Wie deutlich ist eine solche Stimmung der Seele in dem flüchtigen Wiederanklingen der Hauptmotive des ersten Allegro's, des Adagio's und des Scherzo's, sowie in dem recitativischen Solo der Contrabässe und Violoncelle, die jene Versuche, in die Stimmungswelt der früheren Sätze zurückzukehren, gleichsam ungestüm unterbrechen, dargestellt und gemalt. Da endlich ertönt, wie aus weiter Ferne, ein erster flüchtiger Anklang an das spätere Hauptmotiv des letzten Satzes selber, dem bald darauf ein, in den instrumentalen Bässen beginnender sanfter Vortrag der Melodie zu Schiller's Lied an die Freude folgt. Derselbe steigert sich bis zu einem triumphirenden Ausbruck, um sich jedoch schließlich wieder in jenen dissonirenden und den tiefsten inneren Zwiespalt kundgebenden Fortissimo-Einsatz zu verlieren, mit welchem das ganze Finale begann. Hiermit ist der Tondichter an einen Punkt gelangt, von dem kein weiterer Ausweg mehr möglich war. Es überkommt uns daher an dieser Stelle das schaudernde Gefühl, als ob der Himmelsstürmer Beethoven, nicht mehr nur allein, wie Faust, sagen dürfe, daß er sein eigen Selbst zum Selbste der Menschheit erweitert habe, sondern, gleich jenem, auch hinzufügen könne: „Um, wie sie selbst, am Ende zu zerscheitern", mit welcher, bei unserer früheren Anführung ausgelassenen Prophezeihung die betreffenden Verse bekanntlich endigen.

Darum sehen wir denn auch den Meister, um dem Labyrinthe, in das er sich verloren, zu entkommen, zu einem gewaltsamen Auskunftsmittel greifen. Eigenmächtig, wie Alexander bei der Trennung des gordischen Knotens, löst er das Wirrsal der von ihm heraufbeschworenen Probleme, indem er dem Orchester, statt den von diesem entwickelten Gefühlsprozeß auf instrumentalem Gebiete zu Ende zu führen, durch Eintritt der Menschenstimme gleichsam das Wort abschneidet. Daß der bisherige psychologische Entwicklungsgang des wunderbaren Werkes hier nicht etwa weiter gesponnen und bis zu seinen letzten Consequenzen fortgeführt, sondern mit demselben völlig gebrochen wird, sagt uns Beethoven selbst, indem er dem Bassisten, der mit dem recitativischen Solo beginnt, die von ihm, und nicht von Schiller herrührenden Worte in den Mund legt: „Freunde, nicht diese Töne, sondern lasset uns angenehmere anstimmen!"

Man mißverstehe uns nicht. Es ist ein ewiges Gesetz aller Künste, ihre verschiedenen Gattungen und Stilformen aus einander zu halten und nicht zu vermischen, und die reinsten künstlerischen Aufgaben gerade darin zu suchen, daß jede Gattung in ihrer Besonderheit im Stande bleibe, die ihrem Charakter gemäßen Aufgaben zu lösen. Nun ist es aber gewiß, daß die Sinfonie und die Cantate geschiedene Gattungen sind; nicht weniger gewiß, daß das plötzliche Anstimmen des Schiller'schen Liedes an die Freude unvermittelt und ohne inneren Uebergang in der 9. Sinfonie erfolgt, da der, im Orchester gemalte, wiederholte Aufschrei heller Verzweiflung, durch die von Beethoven improvisirten Worte, nur gewaltsam unterbrochen wird.

So wird es denn klar, daß dem großen Genius nicht zum zweiten Male in gleich vollkommener Weise darzustellen vergönnt sein sollte, was ihm in der C-moll-Sinfonie so glänzend gelungen: der natürliche und organische Abschluß eines heroischen Empfindens, Wollens und Kämpfens durch endlichen Sieg und Triumph, ohne daß der Tondichter deshalb in die Lage gekommen wäre, das von ihm erwählte Ausdrucksgebiet des Orchesters und der Sinfonie zu verlassen. Daß die C-moll-Sinfonie, als die fünfte, genau die Mittelstellung zwischen ihren Schwestern einnimmt, erscheint in dieser Beziehung fast bedeutungsvoll, und wenn wir auch von keinem Herabsinken in den ihr folgenden Sinfonien, unter denen sich Perlen wie die A-dur- und die achte Sinfonie befinden, reden können, so existirt doch kein zweites sinfonisches Werk, in welchem in ähnlich unvergleichlicher Weise Form und Inhalt einander decken.

Ist der Eindruck, den die C-moll-Sinfonie in uns hervorruft, derjenige eines Kunstwerkes von der Erhabenheit und Vollkommenheit des Parthenons oder des Kölner Doms, so stehen wir der neunten Sinfonie wie einem, durch seine Großartigkeit uns überwältigenden Naturschauspiel gegenüber. Dieselbe Empfindung eines nicht mehr in Worte zu fassenden, grenzenlosen Staunens, welches denjenigen ergreift, der zum ersten Male am Rande eines zu ihm herabsteigenden Gletschers steht, über dem sich die Wetter- und Schreckhörner der Alpenwelt in furchtbarer und einsamer Majestät aufthürmen, muß ein unbefangenes, musikalisches Gemüth erfassen, auf das zum ersten Male die, an allen Höhen und Abgründen menschlichen Empfindens vorüberbrausende Tonfluth der letzten Riesensinfonie unseres Meisters einstürmt. Ist das Schrecklich-Schöne, das Dämonische, das Ueberschwängliche und das Erhabene der letzte Gipfel der Kunst, so ist er in der 9. Sinfonie erstiegen.

Es liegt uns selbstverständlich ferne, an Beethoven's unnahbarer Größe mit diesen Worten mäkeln zu wollen; wäre Aehnliches doch vollkommen in gleichem Sinne von den letzten Schöpfungen und dem jüngsten Gericht des nicht minder gewaltigen **Michel Angelo** zu sagen. Wir möchten nur dem, für die ganze heutige Kunstschule in der Musik gefährlich gewordenen Irrthum der musikalischen Neuromantiker entgegentreten, als wenn die 9. Sinfonie und Beethoven's letzte Streichquartette in seiner schöpferischen Thätigkeit diejenigen Punkte seien, zu denen sich sein ganzes Schaffen gesteigert und zugespitzt habe. Oder — wie ebenfalls von jener Seite behauptet wird — als wenn dieses Werk und andere ihm verwandte Schöpfungen der letzten Periode des Beethoven'schen Schaffens, der Boden seien, von dem wir aus= zugehen hätten. Nichts ist gefährlicher, als wenn eine, zur Partei organisirte Richtung in der Kunst einem großen Genius, auf den sie sich beruft, ihre Tendenzen andichtet oder unterschiebt. So sagt Richard Wagener — um nur an einem Beispiele zu bewei= sen, zu welchen Irrthümern dergleichen führt —, daß Beethoven mit der 9. Sinfonie die Form dieser Kunstgattung für alle Zei= ten gesprengt und ihr so gewissermaßen ihr Ende decretirt habe. Nun wissen wir aber durch Schindler, Moscheles und andere Berichterstatter, die mit Beethoven in dessen letzten Lebensjahren verkehrt, daß er eben an seine 10. Sinfonie (und zwar an eine Sinfonie in optima forma, d. h. ohne eine sich anschließende Cantate) gehen wollte, als ihn seine letzte Krankheit und der Tod ereilten.

Ueber das, was Beethoven in der mittleren Periode seines Schaffens geleistet, welche für uns die Zeit von der 3. bis zur 8. Sinfonie und alles, was sich um diese Kernpunkte gruppirt, umfaßt, wird wohl niemals hinauszukommen sein. Der Meister hat durch seine neunte Sinfonie hierfür selber den Beweis ge= liefert. Und wenn diese bemungeachtet als ein Staunen erregen= des Denkmal seiner titanenhaften Größe dasteht, einer Größe, die nicht davor zurückbebt mit gewaltigen Händen an den ewigen Schranken zu rütteln, die dem Menschen und der Kunst gesetzt sind, so sollen sich Talente von bescheidenerem Umfange hü= ten, es dem Halbgotte nachthun zu wollen. Auch **Phaeton** war kühn und heldenhaft, dennoch entglitten ihm die Zügel, und er stürzte zur Tiefe, als er meinte, wie **Helios**, die Rosse am Sonnenwagen lenken zu können!

Jedenfalls ist die Sinfonie, in der Gestalt, wie sie uns **Beethoven** hinterlassen, nicht mehr zu übertreffen; so wenig, wie der religiöse Ausdruck in der Musik seit **Bach**, oder der pathetische seit **Gluck**. Und so dürfen wir denn von unseren drei großen Sinfonikern sagen: **Haydn** legte die Fundamente zu dem musikalischen Prachtbau dieser Kunstform, **Mozart** baute und schmückte ihn aus, **Beethoven** setzte einen Thurm darauf; wer höher bauen will, wird das Gebäude verunstalten.

Es kann uns Deutsche mit gerechtem Stolze erfüllen, daß die Schöpfung einer selbständigen Instrumentalmusik, d. h. die Begründung einer Gattung, in welcher allein sich die Musik als völlig selbständige Kunst darstellt, ausschließlich das Werk unserer Nation ist. Ein solch berechtigtes Hochgefühl muß sich noch steigern, wenn wir uns sagen, daß auch die, in diesem Gebiete thronenden Heroen ohne Ausnahme unserem Vaterlande angehören. Feiern wir denn, wenn die Kriegstrompeten schweigen, und der Mund der Geschütze verstummt sein wird, mit der glorreich errungenen Größe und Einheit unseres Vaterlandes, auch denjenigen Meister in allen seinen Gauen, dessen hundertjähriger Geburtstag in so bedeutsamer Weise mit dem dritten der Freiheitskriege zusammengetroffen ist, den wir gegen wälsche Anmaßung führen mußten. Waltet doch derselbe Heldengeist, der in der Brust unserer tapferen Brüder wohnt und Schlachten schlug, wie sie die Gedenkblätter der Geschichte noch nicht aufgewiesen, auch in unseres Beethoven heroischer Sinfonie und in hundert anderen seiner Werke. Und wenn sich ein solcher Geist, im Schlußsatze der großen Sonata appassionata, unserem inneren Auge gleichsam zu einem kämpfenden Sct. Georg verkörpert, der den Drachen der Finsterniß unter seine Füße zwingt, so scheint im Schlußsatze der Sinfonie aller Sinfonien, wir mei-

nen derjenigen in C=moll, der aus langen Kämpfen zurückkeh=
rende Held von einem ganzen Volke mit tausendstimmigem Jubel
empfangen und begrüßt zu werden. Mit einem Jubel, wie wir
ihn, so Gott will, anstimmen werden, wenn der greise Helden=
könig, über dessen Haupt die deutsche Kaiserkrone schwebt, und
sein unüberwindliches Heer in unsere Mitte zurückkehren, oder
wenn wir sie alle wieder erblicken, deren Ausdauer wir unsere
künftige nationale Größe zu danken haben. Denen aber, die für
das Vaterland starben, wollen wir mit Beethoven's heroischem
Trauermarsch die künstlerische Todtenfeier darbringen und uns
so mit ihm, über alles Vergängliche hinweg, an dem ewigen
Nachruhm auferbauen, der das Andenken an die gefallenen Hel=
den umstrahlt. Vergessen wir aber auch dann nicht, daß zu den
höchsten Gütern unseres Volkes von jeher alles das gehört hat,
was der Mensch sein Ideal nennt, und daß zu den Besten
in deutschen Landen, die die Göttinnen Freiheit und Humanität
auf ihre Schilde erhoben, unser Beethoven gehört. So sei uns
denn seine, am Ufer des heiligen Rheinstromes, dieses Ganges
der Deutschen, gelegene Geburtsstätte Bonn ein Mekka des
Geistes, nach dem wir alle wallen, um den zu feiern, der, wie
die Heroen Griechenlands, noch nach Jahrtausenden Kunde von
deutscher Gesinnung und Art geben wird. Als ein Kind jener
linksrheinischen Gauen jedoch, die man uns entreißen wollte, soll
er uns vergewissern, daß der Rhein nicht Deutschlands Grenze,
sondern Deutschlands Strom ist. Dann werden, neben seinem
Denkmal, die Standbilder eines Luther, Melanchthon, Gutten=
berg, Göthe und Arndt, eine erzglänzende „Wacht am Rhein"
bilden, die stumm aber beredt uns allen zuruft: Wahrt auch in
der Zukunft das Vaterland, als den heiligen Geistesboden, auf
dem wir wirkten! —

Anmerkungen.

¹) Dr. **Hennes** giebt den 15. December (in Nr. 196 der Kölner Zeitung vom Jahre 1838) als Beethovens Geburtstag an, während der 17. December als Tauftag feststeht.

²) **Guttenberg** ist, wie Beethoven, ein linksrheinisches Landeskind. Als ein solches können wir auch **Rubens** betrachten, dessen Vater, aus Deutschland stammend, seiner Hinneigung zum Protestantismus halber, von Antwerpen nach Köln auswanderte. Auf dieser Reise ward Rubens geboren und erhielt in Köln, wo er seine ganze Kindheit verlebte, eine völlig deutsche Erziehung. Die anderen Genannten, wenn auch ihrem Geburtsorte nach rechtsrheinisch, sind doch ebenfalls so sehr mit dem gesammten rheinischen Leben, das keine Trennung durch seinen Strom kennt, verbunden, daß auch ihre Einflüsse auf beiden Ufern desselben bis auf den heutigen Tag wirksam geblieben sind. **Cornelius** ist unmittelbar am Rhein in Düsseldorf, Freiherr von **Stein** im Städtchen Nassau an der Lahn, d. h. also wie **Göthe**, nur in der Entfernung weniger Stunden vom Hauptstrom und ganz im Bereiche der Einwirkungen rheinischer Weltanschauung geboren.

³) Glücklicher Weise ist das von Jahn gesammelte Material an **Thayer**, den trefflichen englischen Biographen Beethovens, übergegangen.

⁴) Wir müssen übrigens zur Steuer der Wahrheit bemerken, daß **Hähnel**, unmittelbar nachdem sein erstes Modell den Preis erhalten, ein zweites, weit idealer gehaltenes, mit der Bitte, dieses letztere ausführen zu dürfen, dem Beethoven-Comité einsandte. Es ward ihm jedoch hierauf die Antwort, daß man ihn, da das frühere Modell vor allen übrigen den Preis erhalten, auch nur dieses ausarbeiten lassen könne. Nun gehören zwar die am Piedestal befindlichen Basreliefs, welche die sinfonische, dramatische und kirchliche Muse darstellen, mit zu dem Schönsten was Hähnel geschaffen. Demungeachtet ist dem Künstler eine solche Aversion gegen das eigentliche Standbild geblieben, welches er in klarer Selbsterkenntniß verworfen und dennoch auszuführen genöthigt war, daß er einst in seiner humoristischen Weise gegen den Verfasser äußerte: Er pflege, wenn er an den Rhein komme, einen Umweg um Bonn zu machen, um nur seinen Beethoven nicht wiedersehen zu müssen.

⁵) Die rationellen und aus dem Zusammenhange des gesammten Geisteslebens sich entwickelnden Gründe, aus denen sich die Musik zuletzt unter den

Künsten entwickeln mußte, hat der Verfasser in seinem Werke: die Tonkunst in der Culturgeschichte, (Berlin, Behr'sche Verlagshandlung
1869) näher darzulegen versucht und erlaubt er sich in dieser Beziehung besonders auf das 4. Capitel des ersten Halbbandes hinzuweisen.

*) Eingehender entwickelt finden sich diese Anschauungen in des Verfassers:
Tonkunst in der Culturgeschichte. Band I. Cap. 10.

Druck von Gebr. Unger (Th. Grimm) in Berlin, Friedrichsstr. 24.